歌集

遍路笠

長谷川莞爾

六花書林

遍路笠＊目次

装幀　真田幸治

遍路笠

遍路笠

遍路笠、金剛杖は死へ向かふ旅仕度なりかりそめならず

白装束は死装束ぞ南無大師遍照金剛背に重たけれ

巡礼といふはかなしき旅人の異称にて輪袈裟垂れて重たし

藤井寺はしばし華やぐ難民のごとく遍路がどっと来りて

老残といへど生身のなまぐさき四肢臭ふかな宿坊の夜半

御高祖頭巾被りし尼も巡礼として詣でゐつまた出会ひたり

お遍路の白衣は自浄の色ならむ罪科《つみとが》の罪ときに香し

お遍路の老いたる貌は映るなり口漱ぎ手水鉢に屈めば

行路死《ゆきだふれ》のお遍路あれば道の辺につばき一輪添へて祀れり

遍路みちは枯野みちなりご朱印は血判のごとくにじみて朱し

すれちがふ遍路と遍路　参道に一期一会の会釈かはして

宿坊に入るとき杖は洗ふべし遍路の作法おごそかにして

親子連れ葦の河原にあそぶ見ゆ浄土にあそぶごとくに見ゆる

女厄坂三十三段を下りくる白猫《はくめう》ありきをみななりけり

日和佐の海ひた蒼くしてうら若き大師像あり火焔湛へて

緑青を噴きて甍は光りをり岬のヘアピンカーブ曲がれば

道祖神深くねむれるかたはらのつばきの一樹一途に紅し

コスプレのお遍路もゐてうぐひすのつぎのころ待つびらん樹の下

蛇行して蒼社川あり年老いて惚けてさすらふ遍路のわれか

燧灘横目に涅槃の国に入る結願の日はまだ遠けれど

にはか遍路われを迎へて弘法の双眸鋭しロゴス湛へて

お遍路のため菜の花は乱れ咲く梵語の経が遠く流れて

無頼なる遍路なれども目瞑りて入相の鐘に耳澄ましゐつ

プリズムのごとくに沖はきらめけり遍路にひと日は疾く昏れゆく

スマートフォン弄びをり謹行を終へし僧侶は樹蔭に入りて

扉越しに秘仏を拝む雨の日の遍路らはみな言葉寡く

球打ちて空を見あげる人影を遠く見て朝の謹行につく

ご詠歌が詠唱《アリア》のごとく流れくる善通寺市善通寺町善通寺

即身成仏したるをとめのものがたりむごき伝説を聞くゆふべかな

草餅をぼそぼそと食ふ遍路たち茶店の日暮れは化野めきて

似非遍路

椋は椋語で囀りやまぬ頭陀袋腰に重たく参道ゆけば

似非遍路《えせへんろ》といへども遍路　菅笠の「同行二人」深く被りて

所詮われは物見遊山の域を出ぬ似非遍路なり　けもの道ゆく

般若心経たどたど誦ふ似非遍路　不生不滅　不垢不浄

かきくらし参道上る遍路たち息荒くけものの臭ひを放つ

さざんくわの参道下る釈迦牟尼のかなしみ知らぬ似非遍路なれ

現し身は汗を噴きをり祈るとき不思議な時間がしばし流れる

参道ですれ違ふ女遍路たちみな美しき眸《め》をもてりける

聖観世音居眠り給ふ白描の闇にかすかに首を傾げて

似非遍路なれども祈る線香を焚きらうそくを点してひとり

おみくじがびつしり枝に結ばれて補陀落の寺は暮れ泥みをり

鬼子母神幾人《いくたり》赤児食らひしや啄木鳥は樹を穿ちてやまぬ

せせらぎのごとき蟬声　暗がりの金剛夜叉は五眼烟りて

謀りごと破れしごとく水分に道祖神捨てられて朽ちゐつ

凌辱されしごとくつばきの花は散り破戒僧めく僧が掃きゐつ

涎掛けほのかに朱し行路死《ゆきだふれ》の遍路を祀る地蔵なりける

目をあはすことなきままにすれ違ふ乞食行者《こつじきぎやうじや》と老遍路たち

奪衣婆の唱へる般若心経やとほき海境《うなさか》に船の灯見えて

行路死といふのがこれかあぢさゐの大きな球が道に転がる

夕空を啼きて渡れる白鷺の孕みてゐるや剣呑として

提灯の灯がいつまでも揺れてゐる黄泉比良坂に人影ありて

乞食行者

血肉《ちまめ》刺の足曳きずり参道を上りゆく乞食行者《こつじきぎやうじや》のくらき眸《め》をして
湧き水があれば屈みて啜るなり乞食行者のごとくさもしく

くちびるにわづかに残る朱がありて弁財天したたるばかり美し

牙をむき出しにしてかなしみを怺へをる不動明王は半眼にして

境内に屯す鴉胡乱なりその一羽ふと猛禽の貌

身代地蔵かすか身じろぎたるごとし丹波の里にわれは拝みぬ

わくら葉は散り尽くしたり山門の銀杏は幹にくらき空洞《うろ》持つ

笈摺にしとどに汗は臭ふなり観音堂に遅れて着けば

西国巡礼記

遍路とは言はず巡礼といふ習慣《ならひ》　巡礼われは白衣まとひて

凶々しき朱の門くぐるはやばやと神仏習合に悪酔ひをして

（青岸渡寺）

那智の滝は氷柱のごとく屹《そばだ》ちて叫《おら》びてゐたり幽鬼のごとく

背を丸め巡礼のゆく道すがら染井吉野は散らず散らずみ
（紀三井寺）

好きで坊主になつたやうには見えねども青年僧の読経さやけし

双輪がゆるやかに空へ伸びてをり男坂を避け女坂ゆく
（壷阪寺）

登り楼にすれ違ふときあえかなる香《かう》は匂ひぬ尼の僧衣に
（長谷寺）

揺れ動く影は木魚を叩きをり興福寺南円堂午前五時半

万札を賽銭箱に投げ入るる巡礼もゐて雨しとどなり

門前に素焼きの壷をあまた置き巡礼われにも勧めて呉るる
（三室戸寺）

石組みにさつき鮮やかに散りゐたり鬼が狂ひて踊る午過ぎ

女人堂は女人禁制の名残とか滝音遠く近くきこゆる
（醍醐寺）

菅笠に同行二人の墨書ありひと日誰とも言葉交さず

菅笠に顔をかくして橋渡る巡礼たちもあるいは死者か
（石山寺）

葉の裏にほたる死にをり巡礼に逢魔が時の夕暮れはきて

妻も子も遠しとおもふ宿坊に巡礼はひとりまなこ冴えゐつ

巡礼も開運推命おみくじを求めむとして列に加はる

（六波羅蜜寺）

みほとけを彫る技われにもしあらば木喰佛を彫りたきものを

けだもののすぎたる臭ひただよひて石段に一円硬貨が光る

山門にすれちがふとき老僧の一瞥針刺すごとく鋭し

（穴太寺）

雁金は宙に溺れて墜ちゆくや巡礼は雪盲の眼をしばたたく
（総持寺）

阿らぬ人とおもへり中山寺門前に坐し盆栽ひさぐ

境内に電気鋸《のこぎり》がふいに唸りだしここがこの世であると教へる

夜となれば化野となる磧にて石佛たちは目覚めゆくべし

はぐれ巡礼

夕ぐれのきさらぎ線の小駅に佇つ巡礼やひとりはぐれて

参道を上りゆくときひとりなりいつも遅れていつもはぐれて

海境《うなさか》を遠ざかる舟見送りて佇つ恥ふかき巡礼の身は

石地蔵のごとうずくまる八十《はちじふ》歳を越えし男の寂寥として

みほとけに帰依はせざれど拝むなりなんにも考へずに拝むなり

影もたぬ巡礼がまた現はれてくらき祈禱《いのり》の波に没りゆく

明るさを怖れて樹蔭に巡礼は舟待つやうにバスを待つなり

四阿に土砂降りの雨避けて待つ一期一会の肩寄せあひて

巡礼が流人のごとく越えし坂踏みにじられてさざんくわ朱し

みほとけたち

憤怒の相といへどもどことなく可笑し愛染明王三つ眼をもてる

伽藍には靄のごときがかかりをり救世観音は面長にして
（法隆寺）

斑鳩にいまはやすらぎてゐるごとし百済観音の流浪をおもふ

聖観音の出自悉皆不詳とか微熱帯びたるその眸《め》うるめり

みほとけをガラスの檻に閉ぢこめて見世物にする国宝なれば

河原には子を亡くしたる母たちが積みし石ありあら草のなか

入相の鐘の音このごろ聞くことが少なくなりぬ　入相のかね

護摩のけむりが沁みて黝ずむ薬師佛　白毫がつときらめきにけり

胡坐かきて伽藍に一人坐すわれや鑑真の年齢《よはひ》をはるかに越えて
（唐招提寺）

失明の眼に補陀落の海見しや鑑真和上の晩年おもふ

戦乱に頭《づ》のみ残りしみほとけのまなこ煌々と意志あるごとし

ゆっくりと夕暮れはきてみほとけの薬壷に媚薬香れるごとし

ＬＥＤ電灯に陰影《かげ》濃く浮きて文殊菩薩の頰瘦《こけ》てをり

半跏思惟菩薩のアルカイックスマイルはいかなる暗喩　半眼にして
（中宮寺）

胴体のなきみほとけやこしかたの廃佛毀釈の名残とどめて

ご詠歌のきこゆるまひる向かひあふみほとけにかすかかすかに愛《エロス》

魁偉なる物体として大佛はあるといへども陰影深きかな

古寺抄

過去形に灌頂堂は佇めり千三百年の歳月負ひて
（室生寺）

西塔に光と影は入り乱れ影が濃くなる午後三時かな
（薬師寺）

萩の花蹴散らし境内を駆け抜けし戦国の僧兵かつてありにし

日が沈むまで奈良まちをうろつきて古代米と丸茄子を少々

奥の院の裏木戸あたり夕やみにまぎるる恋の男女なるべし

尼寺にはつばきが似合ふ音もなく落ちるつばきを待つ午さがり
（霊鑑寺）

横笛に恋せし破戒僧おもふ春のゆふぐれしろがねの雨

この先は現世ならねば筆太に掲げたり「不許酒肉入門」

絶滅の狼よみがへる夜なるべし三輪山あたり流れ星墜つ

ろくこんしやうじやう唱へる人とすれちがふ水分神社のかたへ消えたり

青竹を伐るときかすか殺意あり破戒僧めく僧が伐りゐつ

狂女ひとり現はれて舞ふ午さがりさくらはこの世の花にあらねば
（法然院）

うすずみに若草山は昏れゆきて野性にかへる鹿もあるべし

瞽女幻想

昭和のはじめまで北陸地方に瞽女といふ盲目の女性の門付け芸人がゐた　彼女たちはめくら御前お乞食さんとも呼ばれ　座を組んで地方を巡り　民家の軒先で三味線を弾き古謡をうたつた

若狭湾蘇洞門《そとも》の岸の巌に散る波頭くろぐろと昼を暗くす

瞽女《ごぜ》といふ盲目の女芸人がありしとぞ若狭・越前あたり

座を組みて紐につなぎて旅をするお乞食さんと瞽女は呼ばれて

石くれに地蔵菩薩は刻まれてまひるをぐらし瞽女の往く道

満開のさくら垂るるを仰ぐことなく過《よぎ》りゆく瞽女の一座は

尾花そよぐ奥津城の道　贄女たちは修験者のごと越えてゆきしか
いまだ目の健やかなりしころに見し野のまんじゅしやげくれなゐ深き
身に沁みるかなしみあれば贄女の髪ぬれぬれと美しく乱れて

贅女たちは編み笠深く踊るなり茅の火の輪の焔《ほむら》くぐりて

流れゆく三味の音色よ贅女たちに科されし生涯独身《ひとり》の掟

恋したる贅女にきびしき戒律はありて追はれて山野さまよふ

耳も鼻も欠けし地蔵に手を触れて拝《をろが》みてをりはぐれし贅女は

はぐれ贅女ひとりはぐれて越えゆきし母恋峠雪ふりしきる

握りめし一個のために身体《からだ》売ること稀ならず堕ちてゆくなり

三味線を爪弾き贅女が謡ふとき木枯らしに似て安寿・厨子王

半年の旅ををはりて贅女たちの帰るころすでに冬がきてゐる

雪の下に埋まるは贅女の屍にて若狭はやうやく雪溶けの季

若狭路の雨ふる峡におもひをり贄女がたどりし苦しき山河

この世の旅　時実新子に寄せて

れんげ菜の花この世の旅もあと少し
れんげ菜の花枯れ枯れにまだ咲いてゐるこの世の旅が終はつたやうに

遠い船　わたしは死んでいるのかな
死んでゐる男とをんなのものがたり書きたし昔の恋ものがたり

ころしてよ頸に冷たい手を巻いてよ

静脈が乳房に蒼く浮き出てころしてよと女は囁きにけり

ほんとうに刺すからそこに立たないで

ほんたうに刺してしまつた逆り煌めくときの血は美しい

ほんとうの愛は愛はとくどい人

ほんたうの愛は？かなしみ、 怨、 憎悪　土手に野菊が野垂れ死にする

さびしげな女だつたな寄りゆきてそつと抱きしめたい痩せた肩

愛そうとしたのよずっとずっとずっと

遠くどこかで誰かが哭いてゐるこゑがきこえる辛い恋をしてゐる

泣いた泣いたたくさん泣いた　たくあんかじる

さやうなら、またとは言はず指で梳く髪乱れからみあつて解けない

指で梳く髪あしたからまたひとり

情死てふ言葉ありしか土砂降りになりて遣らずの雨降りしきる

こちらあなたの夫と死ぬる女です

眠たげに睡蓮が花つけてゐる縒りをもどした二人のその後

ふたたびの男女となりぬ春の泥

不倫、不倫、不倫香し男の家の赤い三輪車夕日に映えて

男の家に赤い三輪車があった

ほろほろと恋人同士　抱きあひてふたりはさみしひとりもさみし

ふたりはひとりよりもさみしい　屋根に草

恋は終はり　夾竹桃が執拗く花つけてゐる　遊女のごとく

まだ咲いているのは夾竹桃のバカ

イエスタデイ流れてをりぬ荒縄をぶらさげてぶらさがる女は

気の毒な私荒縄ぶらさげる

日和下駄抄　荷風追想

石版刷り東京地図より江戸切図好めり古き幕末の絵図

散歩とは追憶の道を辿ること偏奇館荷風散人識《しる》す

文部省主計局長を父にもち文弱たりし永井壮吉

晴れの日も蝙蝠傘を手離さず水道橋皀角坂《さいかちざか》の昼すぎ

日和下駄の鼻緒切れさう東京市地図に消えたる路地たどりゆく

東京のどぶ川に美しき名が多し逢初川、桜川、思川

幕軍の軍艦《ふね》朽ちしまま永代橋につながれてゐし明治中葉

老船頭はどこへいつたかすみた川に橋が架かつて渡船なくなる

日和下駄歩みし頃はまだありし竹屋の渡しのをんな船頭

市ヶ谷の監獄の死刑台址に観音堂が建ちて賑はふ

掘割を肥料船《こえぶね》が航き髪結床《かみゆひ》で髪調へる荷風ありけり

鷗外の唯一の贅沢は葉巻吸ふことゝか日和下駄は伝へる

日和下駄の鼻緒挿げかへてゐたりけり佃島まで夕日見にゆく

根来橋の名のみ残れる裏通り根来組同心の屋敷連なる

花川戸の路地のゆふぐれ男らに裸で涼む放埒ありて

夜となれば通る者なき調練場　首を縊るによき樹がありて

洋服の紳士なりけり牛込の首懸け松に揺れてゐたるは

仕立屋の娘《こ》は人買ひの餌《ゑ》ばになり売られてゆきぬ霜月の朝

日和下駄履きつぶしたり霧雨の昌平坂を上り下りして

地獄片　わうじやうえふしふ考

くりかへし地獄描きて飽かざりし源信といふ異形の僧は

鉸《かなばさみ》もて罪びとの口をあけ舌を抜くなり閻魔の王は

核分裂しづかに起こりゐたりけり地獄の業火玲瓏として

花すすきのかなた血の池　夕やみに亡者の生首浮き沈みゐつ

蟒蛇《うはばみ》となりて沼地を這ひゆくは前世に邪教唱へたる者

熱湯に浮き沈みつつ泣き喚くこゑうら若くをとめなりけり

をさな児は地獄草紙に腸《はらわた》を抉られ河を流れてゆけり

生首の漂ふ磯に若布採る老婆ありけり夕焼け小焼け

妻子ある男と契りしをみなごの臓物を食ふ鬼の子たちは

底抜けし桶に水汲む無期の刑　老若男女みな舌垂れて

どこまでも黄泉の野をゆく亡者たち足に蹄を打たれてをりぬ

罪びとの首なき胴は歩みをり枝垂れ桜のしだるる辺り

雪霏々と降りつもる夜や死刑台に瞠く魂のごとき首あり

すれ違ひゆきしは牛頭馬頭《ごづめづ》の羅刹たち黒縄地獄に青みどろ充つ

獄卒も亡者となりて櫨の樹に吊るされてをり　けふ花まつり

具足戒破りし比丘はつながれて針敷く丘を曳かれてゆきし

つねに飢ゑ渇きて死ぬまで走らねばならず餓鬼草紙の絵の餓鬼は

八咫烏夜すがら啼けり磔刑の亡者に千年の時は流れて

獄卒の怒声ときをりこだまする地獄の底も秋深みたり

厭離穢土おもふ夜更けやあの世にもつばきほろほろ咲く野あるべし

雪をんなへ捧げるバラード

峠路にぽつんと一軒家はありて雪をんな棲む貉とともに

きぬぎぬの残り香ありて貌もたぬ雪をんな佇つ朝の渚べ

雪をんなが馬橇に乗りてくる夜かつばき一輪の灯りともして

雪をんなが帯を解く日よ雪原の朱きつばきは摘みとられたり

みぞれ降る夜に現はるる雪をんなリストカットの手首押さへて

厩舎にて契る愛あり暗がりに雪をんな繭を吐きつづけゐつ

雪をんなは鳥のあしあとのこしゆく賽の河原に雪風立ちて

ふるさとの子守唄など口ずさみ雪をんな胎の児に聞かせゐつ

両の掌に雪を掬ひて食らひつく雪をんなの飢ゑすがしかりけむ

烙印は花押のごとく美しく爛れてをりぬ雪をんなの乳に

死にし胎児《こ》をかなしみて食ふ雪をんなの伝説ありて雪崩れゆくなり

父が誰かわからぬままに堕胎《うみおと》す雪まみれの雪をんなの胎児

雪をんなに恋ひて狂ひてゆくわれか梢の雪がどつと落ちたり

渓流に水子流して　雪をんなの犯したる罪美しくあれ

雪をんなは身重なりしか残雪の姥捨山を越えてゆくなり

睡蓮の葉に雪をんな睡りをり愛欲の果てなに妊りし

煙草喫ふやうにハシシを喫つてゐる夜更け雪をんな死臭まとひて

雪をんなの喉より洩るる怨霊のこゑ美しく哭いてゐるなり

狼の遠吠えに似て雪をんなが呻く日の暮れクスリが切れて

雪をんなを抱く神父をおもむろにひきよせて刺す　まひるの夢は

近づけば蒼く発光しくづれゆくわが雪をんな尾花の原に

雪をんなが飼ふ雪狼か夜もすがらわが耳もとで吠えつづけたり

まぎれなく殺意はありて雪をんなが執拗に遂ひつめる凍蝶

彼岸花乱るる崖よ雪をんなが愛人を突き墜としたる崖

リストカットの疵爛るるを火に焙る雪をんな聖女のごとくしづけし

亡霊の街

アユタヤに入るな、生命を喰はれるぞ　耳もとでぬるき風が囁く

齧歯類多き草深野の果てに黄金《きん》剝落《はくらく》の寺院峙つ

尖塔に眼窩のごとき窓ありて幽閉の王籠りゐるべし

瞑想に耽る黄衣の僧もゐて廃墟に即物的な風吹く

白象のごとく汚れて円柱が立つ廻廊を抜けてきたれば

幽明の境《さかひ》に塔の残骸はありて王朝の末路かぐはし

尖塔にのぼれば穴かんむりのごとき小部屋はありて死者集ひゐき

白き鳥、あれは死者たち　夕ぐれの広場にいつか舞ひおりてゐる

亡霊としばし語りてゐたりしが蹌踉と去る隻腕の人

風葬の野も昏れいまは死者たちも深き睡りを眠りゐるべし

遺跡発掘すすまざるとか巨いなる月はのぼりてこの世を照らす

夕雲のうすきむらさき濃むらさき野佛はどさり寝転びたまふ

群がりて拝《をろが》む異邦人のためみ佛はほほゑみを絶やしてはならぬ

土器片に混じりて胴体が捨ててあり斬首されたる石佛の胴

アユタヤの魔のゆふぐれや灯ともればなまぬるき怨嗟の風がさまよふ

他界より死者に見られてわれはゐる塔の窓辺のあたり烟れる

愚かなる人間《ひと》の営為《いとなみ》を憐れんでゐるやうなみ佛のまなざし

転生は信じざれども琅玕の星芒はわが肺腑におよぶ

睡蓮の池またぐ赤き橋ありて車椅子漕ぐ少女も渡る

王宮のめぐり濃みどり衛兵は直立微動もせず佇ちつくす

天使都

「クルンテープ・マハナコーン・アモーン……」呪文めく長き都市名をバンコクはもつ

歩道には露店と屋台が犇きて天使都《クルンテープ》に人はただよふ

バンコクに七百の寺　うたかたとすべて過ぎゆくごとく昏れゆく

一月の陽に燦然と金泥の血を流し半女半鳥《ギンダリ》が羽ばたく

肉食動物にんげんのため骨つきの鶏肉油脂《あぶら》にまみれて並ぶ

ガイド・スック氏がことばを選びつつ語るこの釈迦像に首のない理由《わけ》

ほほゑみの国のほほゑむわかものよ褐色の肌に刺青かをれり

赤き花咲く苑に沿ふ道に坐しヨハネのごとし物を乞ふ人

ココナッツのジュース飲むときあふむきて喉もとすずし褐色をとめ

廃村としてひっそりと日本人村は鎮まる林の奥に

懐郷の念に駆られしことありや雇兵隊長山田長政

熱風を巻きて三輪車《サムロー》が走り去るナコンパトムの凹凸の道

あの森のむかうに海があるごとく翔びたちゆきし鳥一羽あり

ラーマ九世の肖像若し国王は神にして人間に非ず、と

掏摸を追ふ鋭きこゑがあがりしが喧噪にすぐかき消されたる

転生がわれにあるなら羊など飼ひてクメールの娘を娶り

水涸れて廃墟となりし集落に歌声は湧く死者たちのこゑ

辺境に辿りつきたるおもひあり囲ひなき厠で用を足すとき

夕暮れの市場の裏に尿する女に出会ふ猿にも出会ふ

欄干の蛇神《ナーガ》がのつそり鎌首を擡げる廻廊に人絶えしとき

デジカメを首に提げたる托鉢の僧などもゐて遺跡夕ぐれ

ヒンドゥーと佛教の寺院が並び建つ遺跡にて夏の陽が荒々し

修羅胸に秘めし女か水辺にて刃物研ぐその白髪おどろ

敦煌

二千年昔の人が甦る敦煌の街に灯がはひるころ

折れ釘のやうに曲がつた径ありて「烟草」の赤きネオンが点る

沙漠の向かうもやはり沙漠か太陽はおのれの重さに耐へて空にあり

スニーカーの中に溜まりし沙を棄つ海の匂ひのなき白き沙

ゴビ灘《たん》をつひの棲み家とせし人らちんまりと方形の墓に収まる

石窟の菩薩も外界《そと》を覗き見ることあらむ　外界の闇の深きを

盗窟に遇ひたる窟になにもなしただ夏の陽が白く凝れる

浄土図に蓮華の華は咲き乱れ曲線しなやかに菩薩佇む

耳削ぎの刑に処さるる浮虜の絵を見し目もて見る飛天菩薩図

ここに生きてゆくほかなくて生きてゐるわかものならむらくだ曳きゆく

星の降る夜なれば沙に埋もれつつ獣骨は仄かに光を放つ

腹いつぱい食ふとは何か罪ふかき感じにて二胡のしらべ聴きゐつ

城壁の残骸《かけら》がかしこに散らばりて干あがりし水路細く伸びたり

タクラマカン沙漠はすでに昏れたるからくだ百頭置き去りにして

しどけなく沙に寝そべる痩せらくだなりしが蒼然と立ちあがりたり

オアシスのみどりつゆけく仔らくだは幼きこぶを晒してあそぶ

青闇にらくだは啼けりもはや火を吐くことのなき口あきて啼く

骨格のかぼそきらくだ逞しきらくだ等しき荷を負ひ運ぶ

玄奘が辿りてすでに千余年　崑崙に雪なほさやかなり

イスラムといへどここでは女らは素顔を晒す素顔うつくし

狭き野に羊数頭を放ち飼ひ少数民族の生活《たつき》つつまし

汗血馬の末裔《すゑ》なる馬かたてがみにつややかな汗噴きて荒れをり

辛うじて阳关《やうくわん》旧址と読みとれる棒杭が立つ馬をつなぎて

陽関は阳关と書く略されて象形文字も廃れてゆかむ

貴種流離のおもかげ宿す碧眼のわかものにして絵はがきを売る

雨降るは年に数回　雨降りて烏魯木斉《ウルムチ》の街の灯がうるみたり

哈密《ハミ》、塔里木《タリム》、喀什《カシュガル》、烏魯木斉、西域の地名はどれも沙の香がする

中天に陽は弾けをり維吾尔《ウイグル》の男らはいま昼寝の時間

労働を終へてらくだが帰りくる尾根に没り陽が灯をともすころ

大雁塔の日暮れ　少女の声はして「シャチョウサン絵はがき千円《シェンエン》安い」

タクラマカンは塔克拉瑪干と綴るなり崑崙のふところにひろがる

塔克拉瑪干と書けばきな臭きにほひする中国領新疆維吾尔自治区

自治区てふ美称に呼ばれとなりあふ新疆維吾尓自治区・西蔵《チベット》自治区

西安で葬列に遭ふ泣き男らの泣き声は野太くらし

泣き男の泣き声は生きてゐることをかなしむごとし　さうもきこえる

胡旋舞をひたすら踊る女男《めを》の群れ沙漠の涯へ駆けゆくごとし

宦官になりし司馬遷を憶ふ日や中国空軍戦闘機航く

ドイツの猫

ウイーンではワルツのテンポで軽やかに朝の時間が流れてゆくも

日が昏れるまへの明るさカフェには囀るやうなドイツ語充ちて

物乞ひが両掌を出して跪くウイーンの日常的光景として
はつ夏といへども夜は明るくて街上のヴァイオリン弾きアコーディオン弾き
暴走族がウイーンにもゐてマロニエの落葉を蹂躙して駆け去れり

落書がやけに目につく下町の石壁　環状道路《リンク》抜けてきたれば

恋人のやうに腕組む老人と少女もをりてカレル橋　雨

モルダウ河釣り人の群れ整然と並びてみんな浮子《うき》を見てゐる

世紀末ふうみやげ屋に妻が選る世紀末ふうボヘミアングラス

平和呆けせしわが眼には見えにくいあの革ジャンの中の拳銃

それぞれに馬齢かさねし夫婦にてロマンティック街道のバスに揺れをり

聖ヴィース教会の門出でてきて嚔《くさめ》する俗つぽき神父あり

ほのぼのと地の温もりに浸りゐるごとく芝生に坐す老女あり

両替のため入りたる銀行はチョコレートなど並べて売れる

トイレ使用料一ユーロ　小便器の位置高すぎて背伸びしてする

マイセンの珈琲カップを奮発すワルキューレ低く流るる店で

星うるむ夜にて露地に駆け込みしドイツの猫も鈴をつけをる

大正十三年茂吉が降り立ちし東駅《オスト》　いまも構内くらし

ユングフラウヨッホはフランス語圏にて検札の車掌メルシーと言ふ

しらびその杜　南アルプス往来

北岳も甲斐駒も仙丈も見えずなりただ乳色の山霧《ガス》ただよへる

おどろくばかり鬱然として雷鳥が雛抱きてその巣にうずくまる

汗ばみてむしろ清しき身とおもふ岨菜《そばな》咲く木のかげに憩ひて

森林限界越えて這松が地《つち》を這ふ風に耐へ雪に耐へる姿か

乗越《のっこし》の鞍部を越えしころよりぞわが汗は鹹く臭ひはじめつ

わが心いたく尖りてゐるとおもふ夕近く山小屋に急げば

なまよみの甲斐駒ヶ岳のつぽにて美貌なり白く昏れ残りつつ

山に入れば人は寡黙になるものを小屋出でて没つ陽を見送れり

山小屋の夜早きかなケータイが通ぜぬを嘆きゐし女《ひと》も寝て

淫らなることも思ひて山小屋にただよふごとく一夜眠れり

悪沢岳《わるさは》と誰ぞ名づけしなだらかなカールが朝のひかり弾きて

そこだけが時間淀みてゐるごとし風凪ぎしくるまゆりの群落

ポカリスエット胃に落としをり道しるべは←《ひだり》でんつく峠とありて

樹の骸《むくろ》として横たはる倒木の数限りなしみな苔むして

雲に似て烟るは欠けし白き月　あかねさす赤石岳の真上に

霧晴れて斜面につぎつぎあらはるる岩弁慶のうるむ花の眼

紅葉はこうえふ黄葉はくわうえふと綴ること思ひ浮かべたりして

弟を斬りたるさびしきものがたり弟切草に零《ふ》る晩夏光

雨となる凪なまぬるしあざみ野の鬼あざみみなうつむきて咲く

熱き珈琲を淹れて呉れしよ山小屋の主河村氏毛深き手にて

天狗岩したがへて聳つ塩見岳悠揚として空母のごとし

薄雪草・ごぜんたちばな・兎菊・信濃金梅の咲く花畑

鳥兜・みやましほがま・母子草・高嶺爪草・そばなも咲きて

這松が紅く小さな実をつける三千メートルの高さに耐へて

朱鷺草の沈黙・狐のかみそりの饒舌　ともに夕光浴びて

白山風露そよげりまぎれなく花の息吹のごときものを噴きつつ

蜜を吸ふ蜂のため深山苧環は花ひろげ待つ日の暮れるまで

辛い恋をしてゐるごとくうつむきて咲く黒百合も見てのぼりゆく

鳥帽子岳の鳥帽子かすみて山霧《ガス》のなか碧落の想ひわれに湧きつつ

紅輪花黒く末枯れてすぐ立てり南アルプスに早き秋きて

西陽射す渓に湧く山霧《ガス》　ブロッケン現象待ちてわれら佇む

古き祠ひつそりと置く頂上《いただき》や人の営みといふはかそけし

露天風呂に手足を伸ばす山下りし後のささやかな奢りといはむ

H氏の日録

老人クラブはシニアクラブと改称しH氏を会長に推せんしたり

死ぬまへに始末するべしH氏が匿しもつヌード写真数葉

言ひかけて思ひなほして口閉づることがよくある八十歳《はちじふ》過ぎて

助手席に座るや否や居眠りをするのも八十歳過ぎし頃から

廃校になりしかばもうこの坂を駆けのぼるランドセルはあらずも

ポップコーンくちゃくちゃと噛む音がして隣を睨めど真っ暗な闇
（映画館）

ドガのあれゴーギャンのあれモネのあれ標題がまた憶ひ出せない

蜾蠃乙女てふ古語ふともおもひ出づ通りすがりのジーンズなりき

命孕むをみなに席をゆづるまで四、五秒H氏に逡巡ありき

妻のなき男の心情おもへどもH氏には元気すぎる妻ゐる

なんとなく髪の毛が増えた気がしないでもなくて育毛剤を欠かさず

覗き趣味H氏になきにしもあらず隣席《となり》のをんなのスマホ気になる

ユニクロのTシャツをユニクロのTシャツに着替へしてゆく忘年会へ

カミさんが「あなたお願ひ」と言ふときの上意下達のやさしいひびき

娶らざる息子と嫁がぬ娘《こ》をもてる男にて酔ひてからみてくるも

☖6五歩☗同歩に☖6六香が見えめがね外して考へなほす

尼寺を訪ひて抹茶をいただきぬ言葉寡きH氏と妻

蛇口からちよろちよろ水が洩れてゐるそんな感じで夜のしぐれ降る

逆転負け多き生涯とふりかへるだらうか終焉《をはり》の日にH氏は

遊園地のお化け鏡にH氏の脚細く長く映りてうれし

琅玕の星を見あぐる短歌《うた》を詠むことのさびしさ見えて見あぐる

花束は山積みにされ死亡事故ありし道路の脇に朽ちゆく

ローソンの監視カメラは見てをりぬ牛乳と菓子パン買ふH氏を

Ｈ氏の頭を掠めたるつばくらめわづか狙ひがはづれたるらし

視姦てふ愉しみありてＨ氏が昼の電車に薄眼あけゐつ

灰皿に吸ひ殻がまだ燻ってるそんな感じで晩年はある

独居老人対策として民生委員に推薦されしH氏である

駅を出てをんなのあとを蹤けてゆくこのスリルもう癖になりさう

「新鬼武者　新台入替　午前九時オープン」のまへ　八時から待つ

酒酌めばあたり障りのない話ばかりするたとへばヲンナのはなし

以後、人と会ふのが怖い加齢臭やんはりと妻に指摘をされて

加齢臭といふはビョーキか加齢臭を気にすることの方がビョーキか

指定医薬部外品つてクスリなの？クスリでないの？三錠飲めり

忘れつぽくなつたと笑つてゐるうちはよかつた　いまはもう笑へない

日本にうつ病患者三百万　三百万分の一のＨ氏

電波時計一秒狂はず午後九時を刻めり狂はぬことが怖ろし

「起訴相当」と「不起訴不当」は天と地の隔たりといふよくわからない

勧められてBRICSを購ひ勧められてBRICSを売り　少し損せり

認知症テストがあると聞きてより免許更新をひたに怖れつ

昨夕《ゆふべ》食べたご飯の惣菜《おかず》は何だつけやつとのことでおもひだしたり

昨日は？七月九日金曜日　すぐ言へるまだ大丈夫さう

家族の肖像

保育器を囲む家族《うから》に見守られ仄かに灯る生の息吹は

新しき命は愛純《あずみ》と名づけられ母なる舟に抱かれ息づく

祖父といふこの影淡き存在を意識して夜の団欒にゐる

二世帯の二階が妙に静かなり何かあつたかと心配になる

孫たちが下校するまで向きあひて言葉少なき夫婦なりけり

キレやすく白けた感じの子なりしが恋して娶り父となりにき

七人にふえてしまひし孫の名をまちがへて呼ぶ　その都度叱られる

まだ少し役に立つてる赤ん坊にミルク飲ませて襁褓《おむつ》を替へて

キレイキレイしようねなどと言ひながら襁褓を替へる手際よかりき

ドラえもん終はればすぐに騒ぎ出し寝てゐる赤児を起こしてしまふ

ぶらんこにのせ滑り台で遊ばせて祖父の日課のひとつがをはる

冷蔵庫の苺がいつのまにかない　そんなことにはもう驚かず

ヘルメットをヘメルットといふ孫がゐて自転車のコロを外してやりぬ

パンの耳残すは池の鯉のため莉愛《りあ》の秘密を祖父は知りをる

ふいに来て黙つて菓子など出して食ひ黙つて帰つてゆく思春期が

将棋を指してゐるときだけは真剣な顔つきをしてゐるのねと言ふ

うはのそらで妻の小言を聞いてゐてまた妻を怒らせてしまひぬ

「かはゆいね」言つて欲しくてH氏が孫抱きて散歩に出る夕まぐれ

山姥の妻と二人で平らげる回転ずしの寿司二十皿

娘《こ》の家にチャリンコでゆきチャリンコを忘れて歩いて帰つたことも

顔にすぐ出るからウソがわかります妻に言はれウソをつくのをやめる

帰り道がわからなくなると困るから　ケータイ電話を持たされてゐる

白雪姫祖父は読みゆくをさな児がすでに眠りに入りたるのちも

＊

むかしむかし満洲といふ国があつたとさ御伽噺を孫に聞かせる

梅雨見舞

五十年ぶりの再会　H氏のヲンナトモダチは喪服が似合ふ

ささやかな放埒が二人にはありてなつかしがつてゐるビヤホール

二人とも幼かつたよ気のおけぬ恋人以前のトモダチ同士

ウインナーコーヒーが好きな女《ひと》だつたなにを話したのかあの喫茶店《みせ》で

あの喫茶店のレジにはいつも不愛想なマスターがゐて　そんな思ひ出

あの喫茶店といふだけで店の名が出ないたしかフランスの都市《まち》の名だつた

「たばこまだ喫つてる？」「やめたよ」甦る缶入りピースの香がほのかなり

物忘れはお互ひさまよと慰めるやうに言ふ昔のままの口調で

お喋りに疲れて黙つて凝視《みつ》めあふそんな時間が昔もあつた
あひかはらず真面目ねとヲンナトモダチはH氏に言ひにいつと笑ひき
手を握ることもなかつた二人にて別れのときも手は握らない

紛れなき七十八歳《ななじふはち》のH氏の貌を映して朝の鏡は

おもはざる邂逅のあと届きたる梅雨見舞　あぢさゐがしつとり

セミナー見聞記

死ぬまへの種々《くさぐさ》として受講する遺言セミナーの先生若し

「教育資金贈与」の説明聞いてゐる出来悪き孫のことをおもひて

「相続に認知症の方がゐらつしやる場合」講義に敬語が多し

セミナーは徐々に難しくなつてゆく葬儀費用は遺産の債務？

兄弟で遺産を奪ひあひし友ありしこと意識の深みにあれば

葬式は控へめに　しかし賑やかになどとおもひてとりとめもなし

散策といふよりむしろ徘徊といふべし天満地蔵前まで

幼稚園の先生のやうにやさしくて　認知症予防講座の講師

自分だけはボケないといふ自惚れが危ないオレを見ながら話す

脳に左右あればバランスよく使ふべしと説くそんなこと言はれても

受講者に古き知人がをりしかど互みに声をかけず別れき

うぶすなの地へ

一時間時計の針を巻き戻す大陸の陽ざしぎいんと暑し

軒下に聖人《ひじり》のごとき老人がゐて包子《パオズ》など売る日ぐれどき

食卓の料理食ひ散らかして立つ富裕層なるをとこをみなは

昭和五年、茂吉が立ちし老虎灘《らうこたん》に寄するゆふべの波濤するどし

『連山』で茂吉がうたひし小盗人市場《ショートル》とは?・贓物を売る市にして

大連は夢をみる街　祖父もまた千金を夢にみて渡りたり

日本海渡りし水呑百姓の立志伝　母が語りてくれし

無名作家でをはりし叔父の小説に『小盗児市場の殺人』ありき

大連に競馬場がまだありし頃『競馬会前夜』叔父は書きたり

たうもろこし畑のなかにほつかりと高きビル建つこれも中国

中国語は直線的な言語にてスーパーマーケットを超市場と訳す

二〇三高地を爾霊山《にれいさん》と読み替へて旅順観光の目玉とぞする

中国の列車に軟臥と硬臥あり旅行者われは軟臥に座る

傲岸と右手をあげて銅像の毛氏は観光客われを迎ふる

〈内乱が明日起きても不思議ではない国〉の夏　大陸のなつ

中国でもニートが増えてゐるといふ話題はさりげなく逸らされて

柳条湖の日本軍の悪業を神妙に聞く暑き午《ひる》すぎ

＊九・一八事変博物館

吉林《チーリン》まで祖母の見舞ひに行くといふ隣席《となり》の姑娘《クーニャン》と筆談をする

偽満洲《ぎまんしう》の偽《ぎ》とは何なる　うぶすなの地は偽の国と呼ばれてをりぬ

この街がかつて新京と呼ばれゐし頃の匂ひの赤煉瓦塀

ネガフィルムのごとき記憶に南湖あり少年長谷川莞爾が遊ぶ

リラの香に酔ひし少年内陸に産まれて海はまだ知らざりき

関東軍司令部　日本の城に似て油を流したやうな夕焼け

国務院に菊のご紋章残りゐることも淡々と説明をする

うろ覚えなる語に〈五族共和〉あり王《ワン》さん李《リー》さん達者でゐるか

度のつよき近眼鏡も飾らるる満洲国皇帝溥儀の遺品に

満洲中央銀行発行「拾圓」の紙幣もちんまりと箱に収まる

「満映明星李香蘭」なるポスターを掲げて電影院うそさむし

*電影院は撮影所

満洲浪人の語に隠微なるひびきあり父がもつ二年の空白の過去

軍艦山城からのはがき

昭和十九年十月　フィリピンのレイテ島沖の海戦で戦死した兄の遺品が秋田県鷹巣町の実家で発見された

半世紀ぶりに日の目を見し遺品　弔慰文・軍事郵便はがき

伯父が蔵ひ忘れゐたらしその死後に形見のなかに紛れゐしとぞ

「相変らず元気旺盛」検閲の朱印ある軍事郵便ありぬ

旺盛の字に誤字あるも愛ほしくおぼろな記憶の兄貴ほほゑむ

「艦の生活は究めて愉快」とも記すそんなことしか書けなかつたらう

「男子の本懐、しっかりやります」追伸に残してそれっきり帰らざる

発信は呉局気付軍艦山城から　兄の筆跡は丸やかなりき

海軍大臣米内光政の弔慰文　祐筆の達筆がそらぞらし

海軍主計少尉長谷川順一殿ノ名誉ノ戦死ヲ悼ム　紙きれ

第二復員省人事局からの通知

「御遺骨は到着次第御連絡申上グベキ候」とあれども

弔慰金参拾円在中の封筒が残れり　それが人間《ひと》の価値《あたひ》か

＊

石原莞爾　帝国陸軍のなかにあつて唯一人開戦に反対した将軍であつた

東條英機によつて軍の中枢から排除された　兄が尊崇してゐた

陸軍中将石原莞爾にあやかりし名をわれはもつ兄が名付けし

それぞれの想ひ出

「舞踏会の手帖」

昭和二十五年場末の劇場の暗がりでデュヴィヴィエにはじめて会ひき

「望郷」

記憶遠くかすみてあれど愛人の名を呼ぶ断末魔のペペ・ル・モコ

「巴里祭」

アナベラの笑顔が可憐なりしこと想ひゐつ巴里は灯ともし頃か

「大いなる幻影」

マレシャルとエルザが再び出会ふ日のあれよ国境の雪深きかな

「黄金狂時代」

生きるとはかくすさまじく飢ゑて靴を食らへり喜劇といふには杳き

「戦艦ポチョムキン」

オデッサの階廊を転げ落ちてゆく乳母車しんかんとして絶叫は

「外人部隊」

モノクロの画面ひたすら蒼かりきトランプ占ひに〈死〉を引き当てつ

「モロッコ」

白くひかる沙漠　脱ぎ棄てられし靴　出会ひが人を狂はせるとき

「怒りの葡萄」

ボロトラックに家具一式と絶望といささかの夢積みて出発《たち》しか

「風と共に去りぬ」

明日はまた明日の風が　あめりかにまだ夢と希望がありしあの頃

「戦火のかなた」

その娼婦がかつての少女であることにあるいは気づいてゐたか兵士は

殺し殺し殺し殺し殺さるるまでの生　ポーランドの冬永き

「灰とダイヤモンド」

父と子のこころがかくも通ひあふことがある三月のさむき雨

「自転車泥棒」

木の十字架　鉄の十字架　いまだ死の何たるかを少女は知らぬを

「禁じられた遊び」

ナポリの海は夜もきらめく友殺したる掌やさしきアラン・ドロンよ
「太陽がいっぱい」

驟雨しろく烟れり老いの切なさをしみじみと演じゐしジャン・ギャバン
「ヘッドライト」

リヨンの街は青いゆふぐれ人ひとり殺してふたりが獲《え》たる愛とは
「嘆きのテレーズ」

「ガス燈」

映画を見ることとは夢を見ることであつたか霧に揺れる街灯

「陽のあたる場所」

アメリカの悲劇と日本の悲劇との相似とちがひ冬すみれ咲く

「地上より永遠に」

プルウと呼ばるる青年なりき虫けらのごと　否、虫けらとして殺されし

「欲望という名の電車」

ニューオリンズの夜蒸し暑し女とは狂ふほどより美しくなる

「真夜中のカーボーイ」

わかものの夢ズタズタに引き裂かれゆくまで　都市《まち》の灯があかるすぎる

「黄色いリボン」

山頂に狼煙はあがる侵略を開拓と言ひかへて歴史は

「ドクトル・ジバゴ」

ウクライナの雪原白く炎えあがる須臾ありて死の匂ひのジバゴ

「ジョニーは戦場へ行った」

手・脚・耳・眼を失ひて横たはるオブジェとしてJohnny Got His Gun

「帰郷」

戦争の傷痕とたやすく誰も言ふべイイビーなにも判っちやゐないが

「愛の嵐」
ナチズムに媚薬のかをり　愛憎の愛よりも憎しみがきらめき

「地獄の黙示録」
昏い　何も視えない　霧に閉ざされて夜の底をどこまで堕ちてゆくのか

「さよなら子供たち」
仔羊がアウシュビッツへ曳かれゆくかの霧雨の朝　忘れず

やすやすと人を殺してやすやすと殺されたり愚かとは決めつけず

「勝手にしやがれ」

おおポール　俺はバカだと言ひ棄てて自爆せり地中海の碧へ

「気狂いピエロ」

些事といへど男女が逢ひて訣れたる顚末　ひまはり畑涯なし

「ひまわり」

かつて巴里は詩と音楽と恋の街でありしとぞセーヌ左岸ゆふだち
「巴里のアメリカ人」

おそらくはレナール夫人に母を見しジュリアン　断頭台に首が転がる
「赤と黒」

もし子供だけの世界があるならばトロッコに乗ってどこまでも行け
「小さな恋のメロディ」

「黄色い大地」

嫁にゆく即ち売られゆくことにほかならず黄塵天を覆へる

「望郷　ボートピープル」

屍の衣服を剝ぐも生きるため少女チャンニンよしたたかに生きよ

「泥の河」

廓舟《くるわぶね》といふ舟ありき春をひさぐ母のため児が客をひくとぞ

「忍ぶ川」

素裸で寝ぬるは雪国の習慣《ならひ》とか馬橇の鈴の音が遠ざかる

「酔いどれ天使」

セーラーが似合ひし頃の久我美子、メタンガス噴く街に咲きゐし

「浮雲」

屋久島は日もすがら雨　それにしても「浮雲」の女はかなしすぎる

「雪国」

年に一度だけ訪ねくる男待つくろ髪や　雪国の雪の焔

「さそり　女囚701号」

恨み節「バカな女の……」夜ごとなす復讐孀やかにして美しき

「サンダカン八番娼館　望郷」

雑木林に薮はれからゆきの墓はみなふるさとに背を向けて瞑れり

「桜の森の満開の下」

さくらさくらさくら散るなり生首を愛してすぐに棄てるをんなは

「実録　阿部定」

一週間幸せならば　ぎりぎりの愛のあかしに男根を断つ

「幸福の黄色いハンカチ」

俺を待つてゐてくれるなら　黄に燃えて夕ぞらに連なれるハンカチ

あとがき

一九六二年の春、短歌結社に入って、本腰を入れて歌をつくろうと思い立ち、いくつかの結社雑誌を取り寄せて、物色していた時、目にとまったのが、「短歌人」の髙瀬一誌のつぎの歌であった。

無頼なる男の目にも吹く風よみんな夜の駅に何か待ちおり

当時のぼくは無頼というほどではないにしても、ゆきあたりばったりに日々を過ごすいい加減な二十五歳のわかものだった。この歌はそうしたぼくに語りかけ、やさしく誘っているようだった。その誘いに乗ってぼくは衝動的に髙瀬一誌の門を叩いたのであった。以降、六十年の間、途中、前衛短歌の風塵を浴びてゆきづまり、中断した十年間を除いても、五十年の間、「短歌人」のかたすみでほそぼそと歌をつくりつづけてきた。

その間、自分が歌集を出すことなど、ほとんど考えることはなかった。それが、「短歌人」入会当初からの同年代の畏友中地俊夫、西勝洋一の二人に相次いで先立たれ、にわかに自身の足許が揺らぐのを覚えたのであった。いつのまにかぼくはすでに八十五歳になっている。そして、いま歌集を出さなければの思いに捉われるようになったのであった。

ここに収録した歌は、「短歌人」に発表した歌が多いが、「浜松歌人」というすでに廃刊になった同人雑誌に発表した歌も混じっている。昭和期の時代の作はすべて捨て、平成期以降の作に絞った。当初は、発表年代順に配列するつもりだったが、もともとテーマを設定して、連作形式で歌をつくることが多いので、テーマ別に沿ってまとめることにした。結果的には、逆年順に近い配列になっている。

七十歳を過ぎてからはじめた四国八十八ヶ所の遍路と西国三十三霊場の巡礼は足の悪いぼくにとってはかなりの苦業であったが、

所詮われは物見遊山の域を出ぬ似非遍路なり　けもの道ゆく

にある通り、結果的には似非遍路に過ぎないことを思い知らされた。しかし、あえて自戒の念を込めて、歌集の題は「遍路笠」とした。

集中、「H氏」をテーマにした連作は、「私をうたう」という短歌の従来からの発想から逸れた三人称の視座に立った試みなのだが、中途半端に終ってしまったようだ。しかし、意外に肩の力が抜けた作になったように思う。

「うぶすなの地へ」は、日中関係がいまほどこじれる以前に訪ねた生地への旅行詠だが、ぼくにとって、故郷が中華人民共和国ではなく、満洲国であり、生地が長春という見知らぬ異国の町ではなく、新京だと強弁するのは、感傷かもしれない。

また、映画をうたった「それぞれの想ひ出」は歌集に入れるか、否かで最後まで迷ったのだが、結局、捨てきれなかった。ぼくにとって映画は貧しい青春期の中の唯一の灯火であった。

歌集を出すにあたって、「短歌人」入会当初からの朋であり、且つ師高瀬一誌夫人である三井ゆきさんの帯文をいただけたことは無上のよろこびである。また、歌集出版にあたり、六花書林主宇田川寛之氏の懇切なご助言、装幀の真田幸治氏のご協力をいただいた。感謝申しあげたい。

二〇二三年六月

長谷川莞爾

略歴

1937年　　満洲国新京市に生まれる
1946年　　日本へ引き揚げ
1962年　　「短歌人」入会　　現在に至る

住所
〒438-0083
静岡県磐田市富士見町 2 - 26 - 24

遍路笠

2023年 7 月29日　初版発行

著　者――長谷川莞爾

発行者――宇田川寛之

発行所――六花書林
〒170-0005
東京都豊島区南大塚 3 - 24 - 10　マリノホームズ1A
電 話 03-5949-6307
FAX 03-6912-7595

発売――開発社
〒103-0023
東京都中央区日本橋本町 1 - 4 - 9　フォーラム日本橋 8 階
電 話 03-5205-0211
FAX 03-5205-2516

印刷――相良整版印刷

製本――仲佐製本

定価はカバーに表示してあります
ISBN978-4-910181-52-3 C0092